Retold in both Spanish and English, the universally loved story *The Three Little Pigs* will delight early readers and older learners alike. The striking illustrations give a new look to this classic tale, and the bilingual text makes it perfect for both home and classroom libraries.

Vuelto a contar en español e inglés, el universalmente querido cuento de *Los tres cerditos* deleitará por igual a lectores jóvenes y estudiantes adultos. Las llamativas ilustraciones le dan una nueva vida a este clásico cuento, y el texto bilingüe lo hace perfecto para el hogar como tabto para una biblioteca escolar.

First published in the United States in 2006 by Chronicle Books LLC.

Adaptation © 1995 by Mercè Escardó i Bas.
Illustrations © 1995 by Pere Joan.
Spanish/English text © 2006 by Chronicle Books LLC.
Originally published in Catalan in 1995 by La Galera, S.A. Editorial.

Bilingual version supervised by SUR Editorial Group, Inc.
English translation by Elizabeth Bell.
Book design by Karyn Nelson.
Typeset in Weiss and Handle Old Style.
Manufactured in China.

Library of Congress Cataloging-in-Publication Data
Escardó i Bas, Mercè.
[Tres cerditos. English & Spanish]
The three little pigs = Los tres cerditos / adaptation by Mercè Escardó i Bas ; illustrated by Pere Joan.
p. cm. — (Bilingual book!)
Summary: When three little pigs leave home to seek their fortunes, they encounter a threatening wolf.
ISBN-13: 978-0-8118-5063-6 (hardcover)
ISBN-13: 978-0-8118-5064-3 (pbk.)
[1. Folklore. 2. Pigs—Folklore. 3. Spanish language materials—Bilingual.] I. Title: 3 little pigs. II. Title: Tres cerditos.
III. Joan, Pere, ill. IV. Title. V. Bilingual book! (Chronicle Books (Firm))
PZ73.E669 2006
398.24'529633—dc22
2005007706

10

Chronicle Books LLC
680 Second Street, San Francisco, California 94107

www.chroniclekids.com

THE THREE LITTLE PIGS

—

LOS TRES CERDITOS

ADAPTATION BY MERCÈ ESCARDÓ I BAS
ILLUSTRATED BY PERE JOAN

chronicle books · san francisco

Once there were three little pigs. When they grew up and were ready to live on their own, they gathered their possessions, tied them into bundles, and went off into the world.

~

Había una vez tres cerditos. Cuando ya eran mayorcitos y podían valerse por sí mismos, juntaron sus cosas, hicieron con ellas un hatillo y se fueron a correr mundo.

They soon decided it would be best for each little pig to go off on his own:

"Farewell, eldest brother. Best of luck to you!"

"To you, too, middle brother."

"See you later, little one. Good luck."

And the three went their own ways.

Pronto decidieron que sería mejor que cada uno se fuera por su cuenta:

—Adiós, hermano mayor, que te vaya bien.

—Y a ti también, hermano mediano.

—Hasta pronto, pequeñín, y suerte.

Y se separaron los tres.

The first little pig walked until he came upon a farmer tending his wheat field.

"Please sir," he said to the farmer, "would you be kind enough to give me a little straw to build a hut?"

"Indeed I would!" replied the farmer. "I have plenty of it."

The farmer gave him some straw, and with some string he had brought along the little pig tied the straw into bundles and made a little hut. He had just what he needed for one little pig!

El cerdito más pequeño caminó hasta que encontró a un campesino trabajando en su campo de trigo.

—Buen hombre, —dijo el cerdito— ¿podría darme, por favor, un poco de paja para construirme una cabaña?

—¡Claro que sí! ¡Tengo más que suficiente! —contestó el campesino.

El campesino le dio paja y con unas cuerdas que llevaba consigo el cerdito hizo gavillas de paja y se construyó una cabaña pequeña. ¡Para él solo ya tenía suficiente!

The second little pig walked for a long time until he came to a great forest where he saw a woodcutter chopping wood.

"Please sir," he said to the woodcutter, "would you be kind enough to give me a stack of wood to build a shack?"

"Indeed I would!" replied the woodcutter. "There is more than enough in the forest."

And out of many little sticks, plus a few stout branches for the roof, the little pig built quite a lovely little shack.

～

El cerdito mediano caminó largo tiempo hasta llegar a un gran bosque donde vio a un leñador cortando leña.

—Buen hombre, —dijo el cerdito— ¿podría darme, por favor, un haz de leña para hacerme una barraca?

—¡Claro que sí! —contestó el leñador—. En el bosque hay mucha leña.

Y con muchas ramitas pequeñas, y unas pocas más grandes para hacer el techo, el cerdito construyó una barraca bien bonita.

The third little pig, meanwhile, walked and walked until he came to a bricklayer at work alongside the road.

"Please sir," he said to the bricklayer, "would you be so kind as to give me a few bricks and a bit of mortar to build a house?"

"Indeed I would!" replied the bricklayer. "I have a little extra of everything. Take what you need."

"Thank you. Thank you very much," said the pig.

And he took some bricks and mortar, found a nice flat bit of land, and brick by brick built walls, windows, a fireplace, and, last of all, a sturdy roof.

He had made quite a pretty little house.

～

Mientras tanto, el cerdito mayor iba caminando y caminando hasta que encontró junto al camino a un albañil.

—Buen hombre, —dijo el cerdito— ¿podría darme, por favor, unos cuantos ladrillos y un poco de cemento para hacerme una casa?

—¡Claro que sí! —contestó el albañil—. Me sobra un poco de todo. Puedes tomar lo que necesites.

—Gracias, muchas gracias —dijo el cerdito.

Y tomó unos cuantos ladrillos y un poco de cemento, fue a buscar un lugar llano y, ladrillo a ladrillo, construyó las paredes con sus ventanas, un fogón y, por último, un tejado sólido.

Quedó una casa muy bonita.

The news that the three little pigs had set up housekeeping in the valley soon came to the ears of a very hungry wolf.

He went to the home of the first little pig and knocked at the door.

"Who's there?" called the first little pig.

"Little pig, little pig, let me come in," cried the wolf.

"Not by the hair of my chinny-chin-chin!"

"Then I'll huff and I'll puff and I'll blow your hut down." And the wolf huffed and he puffed, and he blew the straw hut to pieces. The little pig ran to take shelter in the second little pig's shack.

⁓

La noticia de que los tres cerditos se habían instalado en aquel valle llegó a oídos de un lobo hambriento.

Se presentó en casa del primer cerdito y tocó a la puerta.

—¿Quién es? —preguntó el cerdito.

—Cerdito, cerdito, ¡quiero entrar!

—Lobo feroz, ¡no te dejaré pasar! —contestó el cerdito.

—Pues soplaré y soplaré, y tu cabaña tumbaré.

El lobo sopló y tumbó la cabaña. El cerdito corrió a refugiarse en la barraca del hermano mediano.

Before long the wolf arrived at the second little pig's shack and knocked on the door.

"Who's there?" called the second little pig.

"Little pigs, little pigs, let me come in!" cried the wolf.

"Not by the hair of my chinny-chin-chin!" said the second little pig.

"Then I'll huff and I'll puff and I'll blow your shack down."

And the wolf huffed and he puffed and he huffed and puffed some more, until he blew the stick shack to pieces.

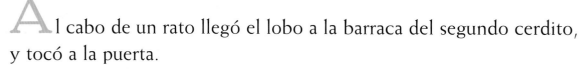

Al cabo de un rato llegó el lobo a la barraca del segundo cerdito, y tocó a la puerta.

—¿Quién es? —preguntaron los cerditos.

—Cerditos, cerditos, ¡quiero entrar!

—Lobo feroz, ¡no te dejaré pasar! —contestó el segundo cerdito.

—Pues soplaré y soplaré, y tu barraca tumbaré.

Y el lobo sopló y sopló y volvió a soplar hasta que tumbó la barraca.

The two little pigs ran to take shelter in the third little pig's house.
"Brother, brother!" they shouted. "Open the door—the wolf is after us!"
"Come in, come in—don't be afraid."
And the three little pigs locked the house up tight.

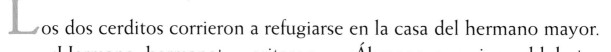

Los dos cerditos corrieron a refugiarse en la casa del hermano mayor.
—¡Hermano, hermano! —gritaron. —¡Ábrenos, que viene el lobo!
—Pasen, pasen, no tengan miedo.
Y se encerraron los tres con llave.

Before long, the wolf arrived at the third little pig's house and knocked on the door.

"Who is it?" called the third little pig.

"Little pigs, little pigs, let me come in!" cried the wolf.

"Not by the hair of my chinny-chin-chin!" said the third little pig.

"Then I'll huff and I'll puff and I'll blow your house down."

And the wolf huffed and he puffed, and he huffed and puffed some more, but he could not blow down the sturdy brick house.

~

Al cabo de un rato llegó el lobo a la casa del tercer cerdito, y tocó a la puerta.

—¿Quién es? —preguntaron los cerditos.

—Cerditos, cerditos, ¡quiero entrar!

—Lobo feroz, ¡no te dejaré pasar! —contestó el tercer cerdito.

—Pues soplaré y soplaré y tu casita tumbaré.

Y el lobo sopló y sopló y volvió a soplar, pero no consiguió tumbar la sólida casa de ladrillos.

The wolf was furious. But he was very stubborn, and very hungry, so he did not give up. He tried the windows, but they were closed up tight. Then he noticed the chimney.

"Aha! They won't be expecting this," he thought.

And he climbed up onto the roof and down the chimney.

~

El lobo se puso furioso. Como era muy tenaz y tenía hambre no se dio por vencido. Trató de entrar por las ventanas, pero estaban cerradas con llave. Entonces se fijó en la chimenea.

—¡Ajá! —pensó—. Eso sí que no se lo esperan.

Subió al tejado y se deslizó chimenea abajo.

But the three little pigs had guessed his plan. They lit a fine blaze in the fireplace. When the wolf slid down the chimney he landed right in middle of a crackling fire.

And off he streaked like a shot, never to trouble them again.

From that day forward, the three little pigs decided to live together in the sturdy brick house, and they're likely to be there still.

~

Pero los tres cerditos habían adivinado sus intenciones. Encendieron un buen fuego y, cuando el lobo bajó por la chimenea, aterrizó en medio de las llamas chisporroteantes.

El lobo salió aullando y nunca más volvió a molestarlos.

A partir de aquel día los cerditos decidieron vivir los tres juntos en la sólida casa de ladrillos, y lo más probable es que aún estén allí.

Also in this series:

Cinderella ✦ Goldilocks and the Three Bears ✦ Jack and the Beanstalk
Hansel and Gretel ✦ The Little Mermaid ✦ Little Red Riding Hood
The Musicians of Bremen ✦ The Princess and the Pea ✦ Puss in Boots
Rapunzel ✦ The Sleeping Beauty ✦ Thumbelina ✦ The Ugly Duckling

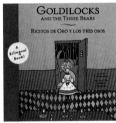

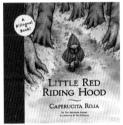

También en esta serie:

Cenicienta ✦ Ricitos de Oro y los tres osos ✦ Juan y los frijoles mágicos
Hansel y Gretel ✦ La sirenita ✦ Caperucita Roja ✦ Los músicos de Bremen
La princesa y el guisante ✦ El gato con botas ✦ Rapunzel
La bella durmiente ✦ Pulgarcita ✦ El patito feo